Le loup qui avait peur du loup

Pour Ariane, Flore et Loys.
A.R.

ANN ROCARD

Le loup qui avait peur du loup

Illustrations de Christophe Merlin

C'était un énorme loup
aux oreilles velues,
aux longues dents
pointues. Tout le monde
avait peur de lui.
Pourtant, il avait été
terriblement peureux.
C'était le seul loup
au monde qui tremblait
plus vite que son ombre !

Il était devenu l'ami d'une petite
fille, Noémie. Grâce à elle,
le loup avait été courageux
et maintenant, il répétait :
– Je ne suis plus peureux
du tout, parole de Garou-Garou !
Comme il rêvait de découvrir
le monde, il partit sur
les routes.

Affolés, les animaux hurlaient :
– Un loup furieux ! Fuyez, fuyez !
– Pas furieux, mais curieux,
protestait Garou-Garou.
Épouvantés, les passants
plongeaient dans les fourrés :
– Un loup méchant !
– Pas méchant, mais charmant,
soupirait Garou-Garou.

Hélas, personne ne l'écoutait.
Garou-Garou haussa ses épaules
de loup et poursuivit son voyage.
Il aperçut un petit garçon qui jouait
du violon dans un pré piqueté de
pâquerettes et il s'assit sans bruit.

À la fin du morceau, il applaudit bruyamment :

– Bravo ! Extraordinaire !

Oh ! Un loup ! Le petit garçon recula.

– Ne crains rien ! dit Garou-
Garou en souriant de toutes
ses dents pointues. Je suis
le loup qui avait peur de tout ;
je m'appelle Garou-Garou. Et toi ?
– Nicolas ! dit le petit garçon.
Les jours sans école, je garde mes
cochons en jouant du violon.

Garou-Garou dressa l'oreille :

– Oh, oh… Trois cochons ?

– Oui, dit Nicolas. Pif, Paf
et Pouf ! Comment le sais-tu ?

– Je me méfie des cochons qui
bâtissent des maisons, expliqua
Garou-Garou. Je n'ai aucune
envie de finir le derrière brûlé
dans une cheminée.

Le petit garçon éclata de rire.
Ce loup se trompait d'histoire :
ses cochons n'étaient pas
des maçons !

– Regarde ! insista Garou-Garou.
Que font-ils donc ?

Nicolas se retourna… Ça alors !
Pif, Paf et Pouf construisaient
chacun une cabane, en paille, en
bois ou en pierre. Ils ne voulaient
pas être avalés tout rond !

– Arrêtez ! cria Nicolas. Vous
êtes fous !

– Je ne vous ferai aucun mal,
promit Garou-Garou. Je suis
un loup végétarien. Je ne mange
que des légumes ! Et je vais vous
donner un coup de patte.

Trois minutes plus tard, les trois
cabanes étaient terminées.

Nicolas se mit à chanter :
– Qui a peur du grand méchant loup ?
– C'est pas nous, c'est pas nous !
répondirent les cochons.
– Pas méchant, mais charmant !
protesta Garou-Garou.

Et Nicolas poursuivit avec
un clin d'œil :

– Qui craint les trois méchants
cochons ?

– C'est pas moi, c'est pas moi !
fit Garou-Garou de sa grosse voix.

Le loup comprit alors qu'il avait
fait d'énormes progrès.

Hier encore, il tremblait
de la tête aux pieds devant
les vers de terre ; aujourd'hui
il pouvait valser au son du violon
avec trois petits cochons !
Noémie serait fière de lui.

Le soir venu, Nicolas demanda :

– Où vas-tu dormir ?

– Je vais planter ma tente à côté
des cabanes, dit Garou-Garou.

– Si tu as un problème, siffle
un grand coup, d'accord ?

– D'accord, dit Garou-Garou qui ne
savait pas siffler, mais n'osa pas l'avouer.

Peu après, les trois cochons
s'endormirent dans leurs maisons
et le loup se glissa sous sa tente.

À minuit exactement, une branche
craqua et Garou-Garou soupira :
– C'est sans doute un sanglier…
   Crrr… Un autre craquement
se fit entendre. Le loup jeta
un coup d'œil à l'extérieur
de la tente : une ombre rampait
devant les trois cabanes.

– Je suis en train de faire un
cauchemar, dit Garou-Garou.

Il se pinça pour se réveiller. Non !
Il ne rêvait pas ! Alors il entendit
souffler, souffler, souffler…
– Ce n'est que le vent,
murmura Garou-Garou
pour se rassurer.

Non, ce n'était pas le vent,
mais une ombre noire qui soufflait
sur la cabane en paille !
Une ombre aux oreilles velues,
à la queue touffue et aux longues
dents pointues qui brillaient
dans la nuit. Terrifié, Garou-Garou
se mit à trembler, trembloter,
gigoter…

Ses poils se dressèrent tout droit
sur sa tête. Son cœur battit
la breloque. Ses dents claquèrent
comme des castagnettes.
Et Garou-Garou gémit :
– Au fou, au chou, au loup !
Maman, j'ai peur du loup…

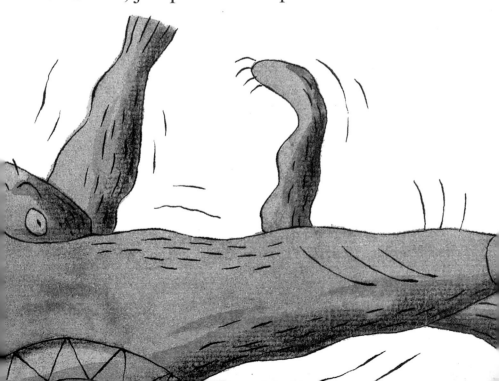

Il pensa soudain à Nicolas
et il essaya de siffler… Fff,
mais rien à faire ! Aucun son
ne sortit de sa bouche.
La première maison s'écroula.
Garou-Garou, incapable de bouger,
aperçut Pouf qui se réfugiait dans
la cabane voisine.

L'ombre noire s'approcha
de la maison de bois et se mit
à souffler, souffler, souffler.
De nouveau, Garou-Garou,
immobile comme une statue,
voulut siffler pour appeler
Nicolas. Fff… Hélas,
il n'y arriva pas.

Au même instant, la deuxième
cabane s'écroula. Pouf et Pif
échappèrent de justesse
à l'ombre malfaisante
et se cachèrent dans la troisième
maison. Garou-Garou respirait
à peine.
Cette triste histoire finirait mal
pour les cochons, car Paf n'avait
pas encore installé
la cheminée de sa maison
de pierre. Mais Garou-Garou
avait beau se raisonner :
« Je vais me lever ! »
Il n'arrivait pas à bouger.

Soudain, la troisième cabane
s'écroula… L'ombre noire allait
bondir sur les trois cochons
épouvantés… quand un long
sifflement s'éleva vers le ciel :
« SSSSSSSSSSSSSSSSSSSS ! »

L'ombre sursauta
et se retourna. Une deuxième
fois, Garou-Garou siffla :
« SSSSSSSSSSSSSSSSSSSS ! »
L'ombre recula de quelques pas.
Une troisième fois :
« SSSSSSSSSSSSSSSSSSSSS ! »
L'ombre, affolée, fit demi-tour
et disparut à jamais
dans les bois.

Nicolas et ses parents accoururent.
– Le loup nous a sauvé la vie !
dirent les cochons, ravis.
Tous félicitèrent Garou-Garou
pour son courage.
– Je ferai mieux la prochaine
fois, murmura
le loup, ému.

Mais il ne confia à personne
ce qu'il venait de découvrir :
il avait un peu peur du loup.
Il en parlerait à son amie
Noémie. En attendant, il allait
s'entraîner à siffler : c'était
le meilleur moyen d'éloigner
les ombres noires aux oreilles
velues, à la queue touffue
et aux longues dents pointues.

Ann Rocard

Elle a quatre grands fils musiciens et de super petits-enfants. Elle a écrit beaucoup de livres pour les enfants et les adultes, et elle a enregistré plusieurs CD. Sa passion, c'est le théâtre ! Écrire des pièces, les mettre en scène, fabriquer costumes et décors, monter des spectacles.

Elle habite à Lion-sur-Mer, en Normandie, et correspond avec des lecteurs et des acteurs du monde entier (www.annrocard.com).

Christophe Merlin

Quand il était petit, il avait une auto à pédales, une grosse, tout en fer. Alors forcément, il rêvait d'être pilote. En Bretagne, dans la grande maison où il a passé son enfance, le bas des murs ainsi que quelques arbustes s'en souviennent encore…

premiers romans

Le loup qui avait peur de tout
de Ann Rocard
illustré par Christophe Merlin

« C'était un énorme loup aux oreilles velues, aux longues dents pointues, qui vivait dans une profonde forêt de l'autre côté de la terre.
Il s'appelait Garou-Garou. Personne n'osait l'approcher. Personne n'osait lui parler.
Et tout le monde tremblait en chuchotant :
– Méfiez-vous ! Méfiez-vous ! C'est le plus féroce des loups !

Quand Garou-Garou s'avançait dans la forêt, les lapins plongeaient dans leurs terriers, les cerfs s'enfuyaient entre les fourrés, les oiseaux s'envolaient au sommet des arbres et le vieux hibou ululait. »

De tous les animaux de la forêt, c'est bien Garou-Garou le plus effrayé ! Ce loup a vraiment peur de tout… même des enfants !